Locura de medianoche
en el
zoológico

por Sherryn Craig

ilustrado por Karen Jones

El sol se mete a las ocho en punto. El zoológico empieza a cerrar. La multitud se empieza a retirar, para irse a descansar.

El tiempo tan rápido no puede pasar. El juego debe continuar. Es la locura de medianoche en el zoológico—no hay tiempo para comer, ni para dormitar.

Los animales se deben calentar, antes de que libres empiecen a rondar. Nuevos oficiales toman su lugar: tres cebras son las que van a arbitrear.

La trompa de los elefantes, hace un llamado a los jugadores en sus guaridas. Pero, para un equipo de baloncesto se necesitarán más de diez, ¿sabías?

Un oso polar, el juego va a iniciar.
Él camina rebotando la pelota para
adelante y para atrás. Hace un par
de flexiones cuando, una rana a la
cancha, va a saltar.

Dos jugadores de la canasta se
quedan cerca. Ellos juegan uno a uno.
Justo en ese momento, un pingüino
se mete como bala—ahora su caminar
es—va que vuela.

Tres jugadores a lo largo del carril, un empujón se dan. Ellos dos-a-uno van. Para unirse a toda la diversión, un mono meciéndose vendrá en acción.

Cuatro jugadores en la cancha, entran directo a la carga. Ellos bloquean, lanzan y anotan. Pero, entonces, se marca una falta cuando entra un camello a darles batalla.

Cinco animales se dirigen a la canasta—tres jugadores en contra de dos. Una parte está jugando, cuando hace su debut un cerdo.

Seis jugadores en carrera corta para alcanzar la pelota. Es hombre-a-hombre la defensiva, y es entonces cuando la pelota fuera del área rebota—jirafa toma la ofensiva.

Ahora, **siete** jugadores aceleran el juego. A lo largo de la cancha, un lado la ofensiva toma. Un jugador va a hacer una obstrucción. Es el turno de la foca hacer una buena impresión.

Ocho jugadores corren para tomar la delantera, para abrirse y desplegarse. Sigue alguien que lanza un tres, justo cuando un topo puede adelantarse.

Ahora, **nueve** corren de arriba
para abajo, ¡pero espera! ¡le roban
el balón! Un pase se vuelve una
atrapada al vuelo y en anotación,
así el trato lo sella el león.

Diez animales dos equipos
forman y los segundos
avanzan. Ellos deben terminar,
antes que el cuidador del
zoológico venga a rondar.

Ellos escuchan su silbido y luego, sus pisadas. ¡Oh, no, ya casi ha llegado! Se retiran a sus guaridas, revolviéndose. Se libran de ser pillados.

Justo entonces, ellos la ven que se ha inclinado—la pelota ha levantado. Ilumina con su linterna todo alrededor. No hay en lo absoluto, nada raro.

Para irse caminando, ella la vuelta se ha dado. Ellos su duda dejan ir. Por ahora, su secreto puede seguir seguro. Ellos no fueron encontrados.

Así que, si tú estás viendo a los animales dormitar o bostezar, vas a saber, que todos ellos estuvieron jugando, partidos de baloncesto hasta el amanecer.

Para las mentes creativas

Vocabulario del Baloncesto

alley oop / pase de callejón: un jugador atrapa la pelota en el aire y anota metiéndola directamente en la canasta.

block / bloquear: golpear la pelota para desviarla y evitar que entre a la canasta

defense / defensa: el equipo sin la pelota que intenta detener al otro equipo para que no anote

dribble / bote: rebotar la pelota con las manos mientras caminas o corres sobre la cancha de baloncesto

foul / falta: cuando un jugador rompe las reglas

layup / bandeja tocando el tablero: lanzar la pelota en el área próxima a la canasta y encestar.

make a jam (dunk) / mate: dar un salto y encestar la pelota (el jugador se cuelga del aro con una o dos manos).

offense / ataque: el equipo que tiene la pelota

open the spread: desmarcado

out of bounds / fuera de banda/zona: fuera de la cancha de baloncesto

playing in the zone: un jugador defensivo protege o cubre la zona de la cancha

referee / árbitro: juez que se asegura que ambos equipos sigan las reglas para jugar.

score / puntaje: mantener los puntos de cada equipo.

shoot / tiro: apuntar y lanzar la pelota hacia la canasta

shoot a three / tiro de tres: anotar tres puntos de un tiro directo.

steal / robar: quitarle la pelota al adversario/coger la posición

take up the press: proteger la ofensiva a todo lo largo de la cancha del baloncesto

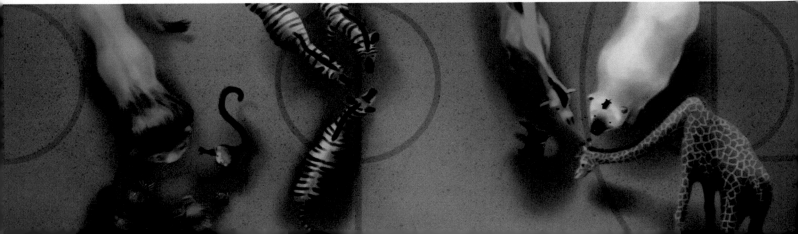

Diez en el juego

Con diez jugadores, existen muchas maneras de dividir el grupo en dos equipos. Une cada equipo a la izquierda con un equipo a la derecha para que los dos equipos puedan tener diez jugadores para el juego.

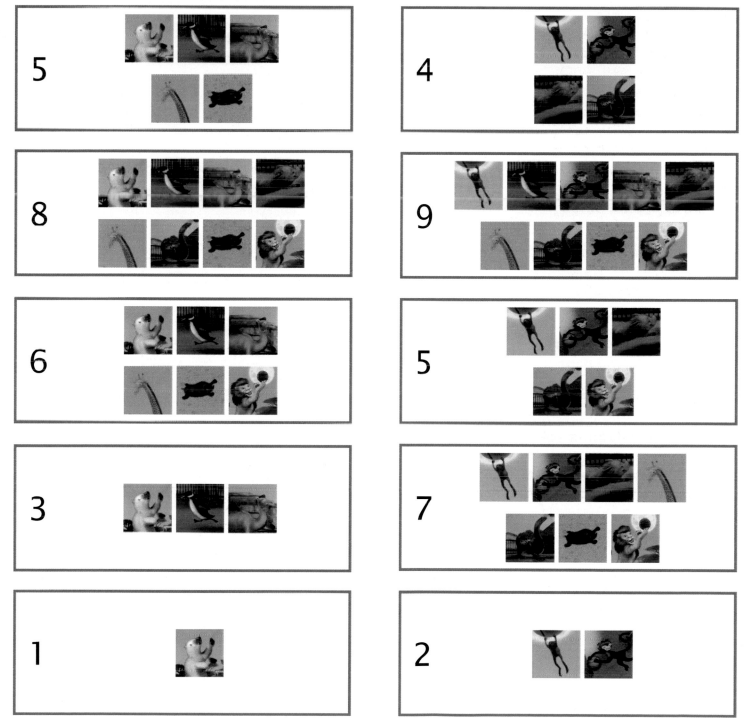

Respuestas: 5+5, 8+2, 6+4, 3+7, 1+9

Házlo que cuente

En cada uno de los marcadores a continuación, un equipo está ganando (tiene el mejor puntaje). ¿Cuántos puntos necesitará el equipo perdedor para empatar el juego (tener el mismo número de puntos)?

A

15 23

B
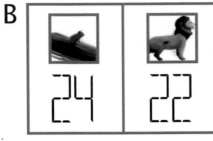
24 22

C
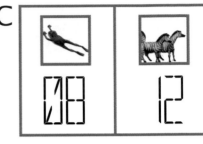
08 12

D

30 27

E

05 08

F
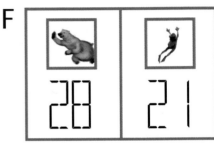
28 21

G
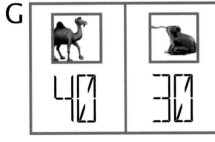
40 30

H
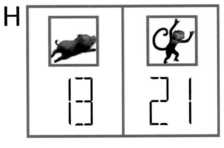
13 21

I
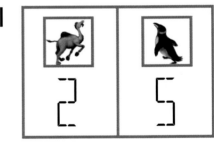
2 5

J
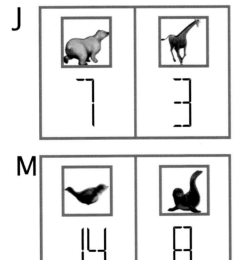
7 3

K
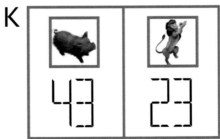
43 23

L
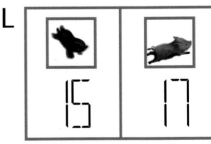
15 17

M

14 8

N
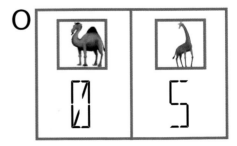
2 6

O
0 5